ROULEZ JEUNESSE

Après des études de lettres classiques et l'IDHEC, Jean-Louis Fournier a réalisé une dizaine de films d'art pour la plupart primés dans les festivals cinématographiques internationaux (Klimt, Schiele, le Bauhaus). En 1977, il écrit des dessins animés : *Pachyderm Story, Antivol, L'oiseau qui a le vertige* puis *La Vache Noiraude*. Il poursuit sa carrière en réalisant plusieurs téléfilms, des documentaires et des émissions humoristiques (*Merci Bernard, Humour libre* qui retrace la carrière de Guy Bedos, *La Minute nécessaire de Monsieur Cyclopède* avec Pierre Desproges), *Grammaire française et impertinente*, *Arithmétique appliquée et impertinente, Sciences naturelles et impertinentes* et *Je vais t'apprendre la politesse, p'ti con...*, adaptés de ses livres sur « La Cinquième », avec Catherine Jacob, Jean-François Balmer, Claude Piéplu et Catherine Frot. Jean-Louis Fournier est également l'auteur de *Pense-bêtes de saint François d'Assise*, de la *Peinture à l'huile et au vinaigre*, du *Pain des Français*, du *Curriculum vitae de Dieu*, de *Il n'a jamais tué personne, mon papa*, de *J'irai pas en enfer* et de *Mouchons nos morveux.*

Paru dans Le Livre de Poche :

ARITHMÉTIQUE APPLIQUÉE ET IMPERTINENTE

GRAMMAIRE FRANÇAISE ET IMPERTINENTE

IL A JAMAIS TUÉ PERSONNE, MON PAPA

JE VAIS T'APPRENDRE LA POLITESSE

PEINTURE À L'HUILE ET AU VINAIGRE

LE PENSE-BÊTES DE SAINT FRANÇOIS D'ASSISE

SCIENCES NATURELLES ET IMPERTINENTES

JEAN-LOUIS FOURNIER

Roulez jeunesse

Dessins de Bruno Heitz

PAYOT

L'homme roule beaucoup, sa vie démarre en landau, elle s'arrête en corbillard.

1 an, la poussette, il ne peut aller où il veut, c'est va comme je te pousse, ça l'agace.

7 ans, le vélo, enfin seul sur 2 roues.

14 ans, la mobylette, l'échappement libre, il veut se faire entendre.

18 ans, la moto, il roule des mécaniques... la voiture, il a entre ses mains pas seulement un volant, mais la vie des autres et la sienne.

Jusqu'à quel âge peut-on conduire ?
Jusqu'à ce qu'on ait de bons yeux et toute sa tête, alouette.

- 1 -

Savoir vivre sur la route

SAVOIR VIVRE SUR LA ROUTE

Rouler au milieu de la chaussée, doubler en haut d'une côte, doubler dans un virage, franchir une ligne continue, faucher une priorité, c'est prendre toute la route pour soi, c'est ne pas penser aux autres.

La route, c'est comme un gâteau (sauf que quand il pleut c'est pas de la tarte), c'est quelque chose qu'on doit partager avec les autres. C'est une affaire de savoir-vivre.

ATTENTION :

**À table, une faute de savoir-vivre,
ça fait sourire.**

**Sur la route, une faute de savoir-vivre,
ça peut faire mourir.**

Nous sommes condamnés à rouler ensemble

Pensez que dans les voitures que vous croisez, qui vous croisent, que vous doublez, qui vous doublent, que vous suivez, qui vous suivent, il y a plein de gens comme vous.

Des gros, des petits, des grands, des maigres, des beaux, des moches, des prolos, des aristos, des métallos, des intellos...

Des gens dont vous aimeriez peut-être vous faire des amis.

Des gens malheureux que vous auriez envie de consoler.

Des gens heureux qui seraient prêts à vous consoler.

Tout simplement des semblables.

Dans la masse, il y aura toujours quelques imbéciles. Ceux-là, c'est l'affaire des agents de la circulation.

Ceux-là, ils ne pensent pas aux autres.

Ils pensent à leur moyenne. Ils ne voient que des voitures. Pour eux, vous êtes une BMW, une Peugeot, une Mercedes. Ils ont oublié que dans les voitures, il y a des gens.

C'est seulement quand ils voient du sang qu'ils comprennent que c'était vivant, avant.
Là ils pleurent.
Trop tard.

Et pourtant, ils n'auraient pas fait de mal à une mouche.

- 2 -

Sous la casquette un cerveau

Le cerveau

30 km/h, 60 km/h, 100 km/h, 150 km/h, 200 km/h...
Avec le temps, les motos et les autos vont de plus en plus vite. Chaque jour elles font des progrès. Et le cerveau des hommes ?

Le contrôle technique des autos, c'est obligatoire. Le contrôle technique du cerveau, ça devrait être obligatoire.

Conduire, c'est voir, c'est prévoir, c'est imaginer, c'est réfléchir, c'est décider, c'est agir.

L'important c'est pas d'en avoir sous son capot, c'est d'en avoir sous son chapeau.

Quand vous prenez votre moto ou votre auto, emportez votre cerveau.

À tous ceux qui ont un cerveau de très faible cylindrée, nous conseillons les transports en commun.

Certaines maladies de cerveau sont incompatibles avec la conduite. D'autres nécessitent une visite médicale avant de conduire.

EST-CE QU'UN RHUME DE CERVEAU DIMINUE LES CAPACITÉS DU CONDUCTEUR ?

Oui, il est dangereux d'éternuer à 200 km/h.

Quand on éternue, on ferme les yeux pendant 2/10e de seconde, à 200 km/h ça fait 11 mètres, ça suffit pour écraser quelqu'un.

L'écrasé ne serait pas obligé de dire « À vos souhaits ».

L'ALCOOL

Après avoir absorbé de l'alcool :

Je vois moins bien sur les côtés.
Je réagis plus lentement.
J'évalue mal les distances.
Je n'ai plus peur de rien.

Les conducteurs qui ont bu de l'alcool sont responsables de 40 % des morts sur la route.

- Qu'est-ce que je te sers, Bernard ?
- Une petite bière, s'il te plaît.
  (0,22 g d'alcool dans le sang.)

À partir de 0,3 g d'alcool par litre de sang, mon comportement est perturbé.

- Tu as vu ma nouvelle voiture ?
- Ça s'arrose, qu'est-ce que tu prends, Bernard ?
- Tu me ressers une bière...
  (0,22 + 0,22 = 0,44 g d'alcool dans le sang.)

À partir de 0,5 g d'alcool par litre de sang, je suis en infraction.

- Qu'est-ce que tu bois en mangeant ?
- Mets-moi un pichet de 50.
  (0,44 + 0,90 = 1,34 g d'alcool dans le sang.)

À partir de 0,8 g d'alcool par litre de sang, je suis passible du tribunal correctionnel.

- Un petit digestif ? C'est la tournée du patron !
- Oui, mais vite, j'ai de la route à faire cet après-midi.
  (1,34 + 0,30 = 1,64 g d'alcool dans le sang.)

La quantité d'alcool dans le sang diminue de 0,15 g par heure.

Avant de conduire à nouveau, Bernard devrait faire une sieste de huit heures.

– Tiens, un dernier pour la route !

POURQUOI PARLE-T-ON DU DERNIER VERRE POUR LA ROUTE ?

C'est quelquefois le dernier verre que vous boirez sur terre.

Tous les calmants, tranquillisants, euphorisants, antalgiques qui vous assomment ne sont pas innocents. D'ailleurs, c'est écrit dessus : « L'attention est appelée, chez les conducteurs et les utilisateurs de machines, sur les risques de somnolence dus à l'emploi de ce médicament. »

Alors quand vous en prenez, nc prenez pas votre machine.

Dormir ou conduire, il faut choisir.

17 heures de veille (lever à 7 heures, coucher à minuit) produisent les mêmes effets que 0,5 g d'alcool.

Quand je suis fatigué, je vois moins bien, mes réflexes sont moins rapides, mes paupières se ferment, j'ai des petits moments d'absence.

Je dois m'arrêter 15 minutes tous les 200 km et marcher.

Quand vous êtes très fatigué, pas de moto, pas d'auto. Dodo.

Couchez-vous et fermez les yeux.
Vous allez décoller pour un rêve sans escale dans un pays sans limitation de vitesse, sans sens interdit, avec des gendarmes qui sourient et vous offrent des fleurs.

Un pays si beau qu'il n'existe pas.

Mauvais calcul...

Il a conduit huit heures sans s'arrêter, il est fatigué, il est pressé de retrouver son lit, ses paupières se ferment...

Il ne les rouvrira jamais.

- 3 -

Sous le cerveau, les yeux

Les yeux

90 % des informations nécessaires à la conduite passent par les yeux. Alors ouvrez-les.

Il est dangereux de conduire les yeux fermés.

Quand vous conduisez, la seule chose que vous devez regarder, c'est la route.

Si vous parlez en conduisant, ne tournez jamais la tête pour voir si on vous écoute.

Pour pouvoir conduire

Il faut 5/10e pour l'ensemble des yeux.

Celui qui a deux yeux doit avoir 6/10e pour le meilleur œil.

Celui qui n'a qu'un œil, le cyclope ou le borgne, doit avoir au moins 8/10e à son œil pour pouvoir conduire.

Sur la route ouvrez les yeux.

Regardez devant,
derrière,
à droite,
à gauche.

Jamais de confiance aveugle à l'égard des autres conducteurs.

Il est déconseillé aux aveugles de conduire un véhicule à moteur, les panneaux en braille n'existent pas encore.

Les sourds muets, eux, peuvent conduire à condition de ne pas parler en même temps.

LE PARE-BRISE

Un pare-brise, ça sert à voir la route. C'est pour cela que les constructeurs ont eu la bonne idée de faire les pare-brise en verre, pas en bois.

Le pare-brise est une fenêtre, mais à la différence de la fenêtre il ne faut pas y mettre de rideaux ni de pots de géranium.

POURQUOI, DERRIÈRE SON PARE-BRISE, KEVIN A-T-IL COLLÉ DES DÉCALCOMANIES, ACCROCHÉ DES POUPÉES,

un Mickey,
un chapelet,
une queue de tigre,
une grosse tétine ?

Peut-être que Kevin est un peu con.

LES ESSUIE-GLACE

Le pare-brise est muni d'essuie-glace. Un seul est obligatoire.

Quand il pleut, l'essuie-glace est serviable, il sert à chasser la pluie.

Attention, l'essuie-glace est un peu faux cul, il sert aussi à maintenir la contravention.

BIEN VOIR LA NUIT : LES PHARES

La nuit tous les chats sont gris. Le paysage est noir et blanc comme dans les vieux films. Mais les accidents, la nuit, c'est pas du cinéma : la moitié des accidents mortels se passe la nuit alors qu'il n'y a qu'un quart du trafic.

Il est important d'avoir un bon éclairage, des ampoules de rechange. Les phares doivent être nettoyés souvent, comme les lunettes.

Bien voir derrière : les rétroviseurs

Les rétroviseurs ne sont pas là pour vous dire que vous êtes belle, mais pour vous permettre de voir derrière vous sans devoir vous tordre le cou. Attention qu'ils soient toujours bien réglés et propres.

Mauvais calcul...

Il n'avait pas d'ampoule de rechange, il a roulé avec un seul phare, pas longtemps...

Maintenant il est dans le noir, à jamais.

- 4 -

Les routes

Les routes

Les routes qui nous permettent d'aller dire bonjour à des amis et d'aller voir ailleurs si c'est beau n'ont pas toutes la même importance. D'ailleurs, sur les cartes, elles ne sont pas toutes de la même couleur et on leur donne des noms, comme aux pizzas.

La forestière

Elle est verte. La forestière est forestière et à l'ombre, elle sent les champignons.

La rurale

Elle est blanche. La route rurale est rurale et parfois couverte de bouses de vaches.

La communale

Elle est blanche. La route communale est communale.

La départementale

Elle est jaune. La route départementale est départementale.

La nationale

Elle est rouge. Comme son nom l'indique, la route nationale est nationale et parfois bordée d'arbres.

L'européenne

Elle est verte. L'européenne est européenne.

L'autoroute

Elle est rouge. C'est pourtant la moins meurtrière. L'autoroute est souvent à péage et bordée de restaurants où on sert des pizzas froides.

Quand les routes décident de se croiser, elles font une intersection.

- 5 -

L'intersection

L'INTERSECTION

Quand la route est toute droite, que la campagne est plate, qu'il y a grève à RTL, l'automobiliste trouve le temps long. Il s'ennuie. Heureusement, il y a les intersections. Enfin, l'automobiliste a de la distraction. Il voit de nouvelles têtes, il doit réfléchir, il se pose des questions. Qui a la priorité ? Ceux qui arrivent à droite ? Ceux qui arrivent à gauche ? Bref, il ne s'ennuie plus.

Attention, l'intersection est cruelle, elle tue souvent. Quand les routes se coupent, quelquefois ça saigne.

Quand l'usager s'appelle Robert

Quand il s'apprête à franchir une intersection, Robert doit :

S'assurer qu'il y a bien une intersection. (Parfois, l'intersection est annoncée par un panneau placé 150 m avant.)

Rouler à une vitesse d'autant plus modérée que la visibilité est moins bonne.
S'assurer que la route est libre.
Observer avec bienveillance mais aussi méfiance les autres usagers.
Avertir, si nécessaire, avec le klaxon ou des appels de phare.
Respecter les priorités.

Bonne route Robert.

- 6 -

À qui de passer le premier ?

La priorité

La priorité à droite

La priorité n'est pas une loi ni un droit absolu mais simplement une question de bon sens. Imaginez un croisement où tout le monde puisse passer en même temps, qu'est-ce qui va se passer ? Personne ne pourra passer, on sera bien avancé.

La priorité, c'est une façon d'organiser le passage de chacun. En France, où les voitures ont le volant à gauche et roulent à droite, quand il n'y a pas de signalisation particulière on a décidé de laisser passer d'abord ceux qui arrivent à droite. C'est la priorité à droite.

« C'est souvent ceux qui viennent de la droite qui sont avantagés », soupire le travailleur.

Qu'il cesse de se plaindre le travailleur. La prochaine fois ce sera peut-être lui qui viendra de la droite et il pourra passer le premier.

Quand vous venez de la droite et que vous avez priorité, jetez quand même un coup d'œil à gauche. On ne sait jamais.

C'est une consolation de mourir dans son bon droit. Ne pas mourir du tout c'est encore mieux.

DOIS-JE REMERCIER CELUI QUI ME LAISSE LA PRIORITÉ ?

Non. Vous pouvez faire un sourire.

PUIS-JE DIRE « ENCULÉ » À CELUI QUI ME FAUCHE LA PRIORITÉ ?

Non. Vous pouvez le penser.

La priorité à gauche

Les ronds-points
(carrefours à sens giratoire)

Ils sont comme une piste de danse. N'arrivez pas en force au milieu des danseurs qui sont arrivés avant.

N'entrez pas à contre-courant.

Ne cassez pas l'ambiance et la ronde, laissez passer ceux qui viennent de la gauche.

La priorité à gauche et à droite

Je dois laisser la priorité à gauche comme à droite dans les cas suivants :

Panneau « Cédez le passage »

Au niveau de ce panneau, je dois céder le passage à tous les autrui, ceux venant de la gauche comme ceux venant de la droite.

Si la chaussée est libre et que je suis certain qu'il n'y a aucun danger, je peux passer mais vite, sans marquer un temps d'arrêt.

Et si la chaussée n'est jamais libre ?
Je ne passe jamais.

PANNEAU « STOP »

On met un panneau « stop » quand la visibilité n'est pas bonne. Je dois m'arrêter, prendre le temps de regarder et m'assurer qu'il n'y a aucune voiture sur l'autre route. Je dois laisser passer les autres, tous les autres. Ceux de droite, ceux de gauche.

QUE DOIS-JE FAIRE EN ATTENDANT ?

Je médite.

Quand vous êtes arrêté au stop ne soyez pas impatient. Si le stop permet aux autres de passer, pensez qu'au prochain croisement vous ferez partie des autres.

Mauvais calcul…

Il a peur d'être en retard chez son dentiste.
Il grille un stop…

Il n'aura plus mal au dents, jamais.

- 7 -

Je peux passer le premier mais pas tout le temps

Je peux passer le premier, mais...

La priorité ponctuelle

Ponctuel, ça veut dire qui ne dure pas tout le temps, mais qui peut revenir. Comme le bonheur.

Je suis prioritaire à l'intersection

Ma route bénéficie d'une priorité valable seulement à la prochaine intersection. Cette fois encore, je ne fais pas une confiance aveugle à mes semblables. À la prochaine intersection, je regarde à droite et à gauche.

Ce panneau me dit que la route sur laquelle je circule est prioritaire à toutes les intersections.

Souhaitons que ceux qui viennent des autres routes le sachent aussi.

À l'intérieur de l'agglomération, la route peut conserver sa priorité, le même signal est alors placé au-dessus du panneau d'entrée de l'agglomération. Je n'en profite pas pour accélérer.

RAPPEL :

En agglomération, je dois toujours rouler à 50 km/h.

ATTENTION :

Un chauffard croit que toutes les routes qu'il emprunte sont prioritaires.

MAUVAIS CALCUL...

Il est impatient d'avoir les résultats du bac, il coupe une route prioritaire...

Il ne saura pas qu'il est bachelier, jamais.

- 8 -

Ce n'est plus à moi de passer

Ce n'est plus à moi de passer

Fin de route prioritaire

À certaines intersections, la route peut perdre sa priorité. C'est une grande humiliation pour elle. Il lui arrive parfois de pleurer, il faut alors ralentir, une chaussée mouillée est glissante. Ou elle devient agressive, elle est alors très dangereuse.

Un panneau indique la perte de la priorité. Il porte une petite barre noire, en signe de deuil.

- 9 -

Quand la route croise un train

Les passages à niveau

Le passage à niveau est une occasion pour les automobilistes et les voyageurs d'échanger des sourires et des canettes vides.

Attention :

Le train a toujours priorité sur les voitures.

Demi-barrières automatiques

Le panneau est placé judicieusement 150 mètres avant le passage à niveau, 150 mètres après son efficacité serait moindre.

Que faire ?

Si le feu rouge clignote, qu'une sonnerie retentit, que les deux demi-barrières s'abaissent, je peux dire sans risque d'erreur : « Un train arrive. » Alors je m'arrête et je regarde passer le train.

Je fais des signes amicaux avec la main, sauf si c'est un train de marchandises.

PASSAGE À NIVEAU SANS BARRIÈRES

S'agit-il d'un oubli de la SNCF ?

Non.

Je ne m'engage sur ce type de passage qu'après m'être assuré qu'aucun train n'arrive. Si je vois un train au loin, j'attends avant de traverser.

ET SI JE TOMBE EN PANNE SUR LES RAILS AU MOMENT OÙ UN TRAIN ARRIVE ?

Je sors vite de mon véhicule.
(Inutile de fermer les portes à clé.)

- 10 -

Se croiser

Se croiser

Je ne dois pas prendre toute la chaussée pour moi, je dois en laisser pour les autres.

Quand je croise une voiture qui arrive en face, je serre bien à droite de façon à lui laisser la partie gauche de la chaussée et à garder le plus d'espace possible entre les deux voitures qui vont se croiser.

J'espère que le conducteur qui arrive en face fera la même chose. Sans lâcher le volant je croise les doigts.

Que faire si je vois arriver sur moi une voiture qui roule à gauche ?

Je fais d'abord des appels de phares, puis des appels au bon Dieu, à Allah, Çiva, Bouddha ou Banania, suivant nationalité.

QUAND LA CHAUSSÉE EST ÉTROITE, QUI DOIT PASSER LE PREMIER ?

Sur route :

C'est le plus petit qui a la priorité.

Si ma voiture fait plus de 2 mètres de large et plus de 7 mètres de long, je dois laisser passer la voiture qui arrive en face.

ET SI L'AUTRE VOITURE FAIT ELLE AUSSI PLUS DE 2 MÈTRES DE LARGE ET DE 7 MÈTRES DE LONG ?

Je mesure les voitures avec un mètre ruban. La plus courte passe la première.

En agglomération :

Il faut toujours céder le passage aux véhicules de transport en commun.

Quitte à ce que quelqu'un soit en retard, il vaut mieux que ce soit une seule personne (vous) que cinquante (les 50 passagers du bus).

ET SI LE BUS N'A QU'UN PASSAGER ?

Il a la priorité quand même.

Dans une côte :

C'est celui qui descend qui doit laisser passer celui qui monte.

C'est normal, c'est plus dur de monter que de descendre. Celui qui monte demande un plus grand effort à son moteur et ce ne serait pas très sympa de l'arrêter dans son élan.

Quand je cède le passage à quelqu'un, dois-je dire « je vous en prie » ?

Non. Faites signe de passer avec un sourire pour montrer que vous ne cédez pas le passage à contrecœur.

La nuit

La nuit, quand je croise une autre voiture je me mets en codes (qu'on appelle « feux de croisement ») pour ne pas aveugler le conducteur.

Ne restez pas en phares quand vous croiser quelqu'un. Vous avez certainement mieux pour éblouir vos semblables.

- 11 -

Dépasser

Le dépassement

Pourquoi toujours vouloir dépasser ?

Quand on est dans la voiture 2 d'un TGV, on n'a pas envie de dépasser la voiture 1. Pourquoi ce n'est pas pareil sur la route ?

Quand vous faites une longue route, il arrive souvent qu'au péage de l'arrivée, vous retrouviez l'homme pressé qui vous a doublé deux heures plus tôt. Demandez à la tortue de vous raconter sa course avec le lièvre.

CELUI QUI VEUT TOUJOURS DÉPASSER EST-IL PLUS PRESSÉ QUE LES AUTRES ?

Non. Simplement il veut toujours être le premier.

Parfois, il arrive le premier.

EST-IL PLUS MAL ÉLEVÉ QUE LES AUTRES ?

Non.

Quand il est au sol et pas dans sa voiture, il tient les portes et s'efface pour laisser passer les autres devant lui.

QUE LUI EST-IL ARRIVÉ ?

La voiture qu'il a devant l'agace. Comme un gosse, il veut montrer qu'il est le plus fort, que sa voiture est la plus performante, que c'est lui qui conduit le mieux.

Il veut être devant.

EST-CE QUE C'EST MIEUX DEVANT ?

Quelquefois, devant, il y a un gros camion qui fume et puis plus rien, le noir.

Parfois, celui qui dépasse est dépassé par les événements.

Mauvais calcul...

Il a peur que le tabac soit fermé, il double dans un virage...

Il ne fumera plus, jamais.

- 12 -

Interdit de dépasser

INTERDICTION DE DÉPASSER

Ce panneau a déjà sauvé la vie à des milliers de gens. C'est souvent lors d'un dépassement que les accidents se produisent. Il mériterait d'être fleuri au moins une fois par an par tous ceux qui, grâce à lui, ont un an de plus.

IL EST INTERDIT DE DÉPASSER…

Quand ma route croise une autre route.
Si je ne suis pas sur une route prioritaire.
S'il y a un de ces trois panneaux :

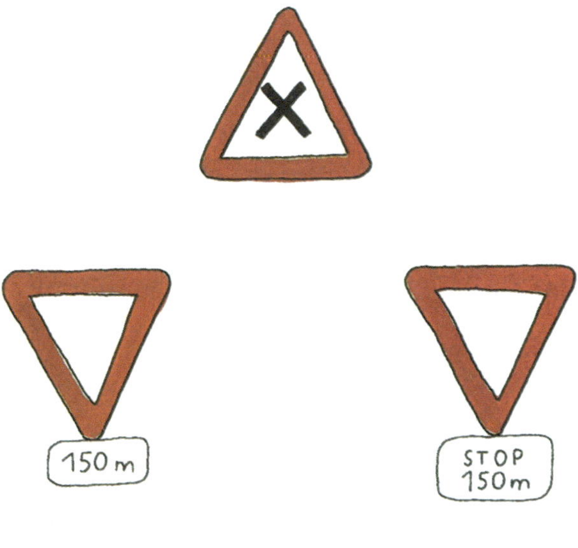

IL EST INTERDIT DE DÉPASSER…

Quand je traverse une voie ferrée.
S'il s'agit d'un passage à niveau sans barrières.

IL EST INTERDIT DE DÉPASSER...

Quand je suis obligé de chevaucher ou de franchir une ligne continue.

ATTENTION :

Couper une ligne continue, c'est parfois couper une ligne de vie.

IL EST INTERDIT DE DÉPASSER...

Quand je ne vois pas assez loin devant moi.
Avant un virage.
Au sommet d'une côte.
Dans le brouillard, la neige, la pluie.
En suivant un véhicule qui dépasse.

IL EST INTERDIT DE DÉPASSER...

Quand je risque de gêner autrui.
Par la droite, même sur l'autoroute (celui qui roule dans la voie centrale peut avoir l'envie soudaine de se rabattre).
Avant un passage pour piétons (si un piéton est engagé).

Quand je vais être dépassé.
Si celui de devant s'apprête à doubler.
Si j'oblige celui d'en face à ralentir.
Si je n'ai pas la place pour me rabattre.

Je ne dois pas faire une queue de poisson.

QU'EST-CE QU'UNE QUEUE DE POISSON ?

C'est se rabattre brutalement devant la voiture qu'on vient de doubler, lui couper la route et l'obliger à freiner.

L'avis du poissonnier :

La queue de poisson, c'est dégueulasse.

EST-CE QUE J'AI LE TEMPS DE DOUBLER ?

Si vous vous posez la question c'est que vous n'êtes pas sûr. Vous aviez peut-être le temps, mais avant de vous poser la question. Maintenant, c'est trop tard. C'est non.

Patientez, vous n'en mourrez pas.

Qu'est-ce que je gagne en dépassant ?

L'impression d'être le plus fort.
L'impression d'avoir la meilleure voiture.
Quelques minutes.
Une voiture neuve (après l'accident l'ancienne est irréparable).
La perte d'un être cher.
Une jambe, un bras, un bassin, une colonne vertébrale cassés.
Un foie, une rate éclatée.
Un fauteuil roulant chromé.
Une infirmière à demeure.

Et pour le super gagnant :

Le repos éternel.

Mauvais calcul...

Elle a peur que la boulangerie soit fermée, pour doubler elle franchit une ligne continue...

Elle ne mangera plus de pain, jamais.

Si après avoir lu tout ça vous persistez dans votre intention de dépasser, lisez vite la suite et bonne chance.

- 13 -

Dépasser sans risques

Comment dépasser sans risques ?

D'abord je regarde dans mes rétroviseurs pour voir si personne ne cherche à me doubler.
Je vérifie que personne n'arrive en face.
Je ne colle pas au véhicule qui est devant, surtout si c'est un gros camion.
Je me déporte légèrement vers le centre de la route pour voir plus loin.
Je m'assure qu'aucun obstacle ne va obliger celui que je veux doubler à faire un écart sur la gauche.
Je mets mon clignotant et je double.

Pendant le temps où je double, je suis fragile comme un œuf.

Il faut que ce temps soit le plus court possible. Je dois rouler au moins à 20 km/h de plus que celui que je veux doubler. Je ne dois pas en profiter pour rouler au-dessus de la vitesse maximale autorisée.

Sur la voie la plus à gauche de l'autoroute, je ne dois pas rouler à moins de 80 km/h.

ATTENTION :

Comme la vitesse, la lenteur excessive est dangereuse.

COMMENT SE LAISSER DÉPASSER ?

CELUI QUI DÉPASSE EST-IL PLUS FORT OU PLUS MALIN QUE CELUI QUI SE LAISSE DÉPASSER ?

Non.

On peut simplement dire qu'il roule plus vite.

Et quand on sait que :

La vitesse de l'automobiliste est inversement proportionnelle à son QI,

on le laisse faire.

Et surtout, on n'accélère pas pour l'empêcher de dépasser.

Il n'y a pas de honte à se laisser doubler, même par un plus petit que soi.

Lorsque René a manifesté son intention de me dépasser, je n'essaie pas de l'en empêcher, même si la manœuvre me paraît irrégulière. René peut avoir une raison valable de rentrer vite chez lui, ne pas louper le début du feuilleton télévisé par exemple.

Pour cela, je dois :

Serrer à droite le plus possible.
Ne pas accélérer ni ralentir.

PUIS-JE FAIRE UN BRAS D'HONNEUR À RENÉ ?

Certainement pas, faire un bras d'honneur vous obligerait à lâcher votre volant.

ET S'IL FAIT NUIT ?

Je passe en feux de croisement pour ne pas l'éblouir, je ne lui fais pas de bras d'honneur, dans le noir il ne le verrait pas.

JE ROULE À LA VITESSE RÉGLEMENTAIRE, LA VOITURE QUI ME SUIT ME FAIT DES APPELS DE PHARES, QUE FAIRE ?

Regardez dans votre rétroviseur la tête de celui qui veut vous dépasser :

Les yeux lui sortent de la tête.
Il fait des gestes désordonnés.
Il parle tout seul.
Il est tout rouge.
Il est laid.

On a honte pour lui.

Mauvais calcul…

Il a peur d'être en retard chez son coiffeur. Pour doubler, il franchit une ligne continue…

Ses cheveux ne pousseront plus, jamais.

- 14 -

S'arrêter

Réagir vite

Un vélo coupe la route.
Un hérisson traverse.
Un automobiliste tourne brutalement.
Un vautour se pose au milieu de la chaussée.
Un aveugle marche au milieu de la chaussée.
Un chien s'échappe.
Un chauve court après son chapeau.
Un ballon roule.
Un aérolithe tombe du ciel.
Un camion pile.
Un convoi exceptionnel arrive en face.
Un sourd traverse.
Un bègue demande sa route.

Je dois réagir vite.

Plus le temps de réaction sera court,
plus la vie de l'automobiliste sera longue.

Le temps de réaction

Le temps de réaction est le temps qui s'écoule entre le moment où je vois et celui où j'agis. Je roule derrière une voiture, brutalement ses feux stop s'allument, je dois piler.

Avant que mon véhicule s'arrête, il se passe plein de choses :

1. Mon œil voit la lumière rouge du feu stop qui s'allume.
2. Le nerf optique transmet cette information au cerveau (d'où la nécessité du cerveau). **Et pendant ce temps-là mon véhicule continue à avancer.**
3. Le cerveau réfléchit, il décide de freiner. **Et pendant ce temps-là mon véhicule continue à avancer.**
4. L'ordre de freiner est transmis par les nerfs moteurs aux muscles de la jambe droite. **Et pendant ce temps-là mon véhicule continue à avancer.**

5. Les muscles déplacent le pied droit vers la pédale de frein, puis le pied commence à enfoncer la pédale. **Et pendant ce temps-là mon véhicule continue à avancer.**

6. La pression du pied est transmise jusqu'aux roues, les freins commencent à agir et on entend le cri du pneu. **Enfin je m'arrête.**

La distance d'arrêt

Même en pilant, on ne s'arrête jamais pile.

La distance d'arrêt est l'addition de la distance parcourue pendant ma réaction et de la distance parcourue pendant le freinage.

Elle varie avec :

la vitesse et le poids du véhicule
l'état des pneus
l'état de la route (mouillée ou sèche)
l'état du conducteur (sec ou imbibé).

- 15 -

Les panneaux

Les panneaux pimpants

Quand le ciel est gris, que les feuilles ont perdu leur arbre, il est pimpant le rouge du sens interdit.

À la différence des arbres à feuilles caduques, le panneau de signalisation reste pimpant toute l'année. Il peut être rouge, jaune, bleu, vert... rond, triangle, rectangle...

ATTENTION :

Les panneaux roses avec des pois verts sont rares. Si vous en voyez un, arrêtez-vous et confiez le volant à quelqu'un qui ne l'a pas vu.

- 16 -

Les triangles

Les triangles

Comme l'araignée du matin, les triangles sont de mauvais augure, ils annoncent un danger.

Ils sont bordés de rouge comme les yeux qui ont trop pleuré.

Exemple :

QUELQUES TRIANGLES PARMI D'AUTRES...

Virage à gauche
Prévoir la voiture cachée à gauche

Virage à droite
Prévoir la voiture cachée à droite

Succession de virages
Prévoir les voitures cachées à droite et à gauche

Chaussée rétrécie
Faites-vous tout petit.

Circulation dans les deux sens
Contentez-vous de la moitié de la route.

Ralentisseur
Doucement, ne réveillez pas le gendarme couché.

Débouché sur un quai ou une berge

Pont mobile

Si vous n'avez pas l'intention de ralentir, prévoir un maillot de bain.

Chaussée glissante

Votre patinage risque de ne pas être artistique.

Risque de chute de pierres ou présence de pierres tombées sur la route

Dans le ciel elles ne font que passer,
sur la route elles restent.

Vent latéral

Apprécié seulement des anges.

Descente dangereuse

Rétrogradez, sinon...

Cassis ou dos d'âne

Non, il ne s'agit pas d'un dos de chameau.

Annonce de feux tricolores

Dans des endroits où on ne les attend pas :
Sahara, banquise, lune...

Débouché de cyclistes ou motoristes

À proximité des sorties d'usine,
avant les ouvriers roulaient à vélo.

Débouché de cyclistes venant de gauche.
Attention, les ouvriers à vélo viennent plus souvent de la gauche que de la droite.

Traversée d'une aire de danger aérien
Baissez la tête.

Endroit fréquenté par des enfants
Prévoir des boules Quies.

Endroit fréquenté par des vieux
À proximité de l'Académie française.

Passage pour piétons
Par an, 1 700 piétons de moins de 14 ans blessés graves ou tués.

Passage d'animaux domestiques
Sauf les serins.

Passage d'animaux sauvages
Destiné à faire rêver.

Passage de cavaliers
Sans cheval,
le cavalier ne se distingue pas du piéton.

Le danger surprise
Attaque nucléaire, guerre civile,
fin du monde, grève à la télé, c'est la surprise.

- 17 -

Les ronds

Les ronds, malgré leur bonne bouille, sont très autoritaires : ils interdisent ou ils obligent.

Les ronds bordés de rouge interdisent.

EXEMPLE :

Le top de l'interdiction, c'est celui-là. Il dit non à tout, aux vélos, aux motos, aux autos, aux camions, aux avions, mais pas aux piétons.

QUELQUES RONDS BORDÉS DE ROUGE...

Interdiction de tourner à droite
Peu apprécié par les droitiers.

Interdiction de tourner à gauche
Peu apprécié par les gauchers.

Interdiction de faire demi-tour
Pas question de rebrousser chemin.

Interdit aux troupeaux
Le berger lira le
panneau au troupeau.

Interdit à tous les véhicules à moteur
Chut, les oiseaux font la sieste.

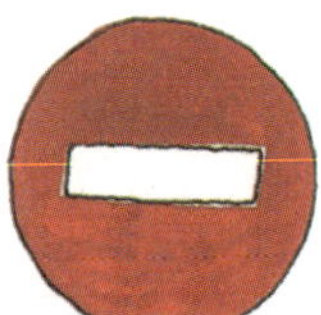

Sens interdit
Il est rouge, vif comme le sang.

Interdit aux piétons
Le cul-de-jatte est considéré comme un piéton, ce qui le flatte.

Interdit aux voitures à bras
Si vous avez une brouette, passez ailleurs.

Interdit aux voitures animales
Le cheval-vapeur ne compte pas pour un animal.

Halte police
J't'avais dit que t'allais trop vite...

Halte gendarmerie
Est-ce que je suis en règle... ?

Interdit aux véhicules dont la hauteur dépasse le chiffre inscrit sur le panneau
Source de souci pour les transporteurs
de girafes et de grues.

Stationnement interdit
Seulement pour les voitures.

Ce panneau, dans sa livrée bleu et rouge, signifie sobrement que vous ne devez pas stationner là avec votre véhicule. Vous pouvez stationner avec un ami, et discuter des stationnements à durée limitée, alternés ou à l'unilatérale, comme le saumon.

Les ronds bleus obligent.

Exemple :

C'est un panneau qu'on doit respecter. N'en faites pas trop quand même. Inutile de dire « Je suis votre obligé » en passant devant.

L'interdiction ou l'obligation commence au panneau. Elle s'arrête au signal mettant fin à l'interdiction ou à l'obligation, ou à la prochaine intersection.

QUELQUES RONDS BLEUS...

À la prochaine intersection aller à droite ou à gauche
Panneau indécis.

À la prochaine intersection aller tout droit
Panneau autoritaire.

Nature de l'obligation mentionnée sur le panneau
Vous n'êtes pas obligé de brûler des voitures.

Enfin des panneaux sympathiques.
Les ronds blancs barrés de noir annoncent la fin d'une interdiction.
Les ronds bleus barrés de rouge annoncent la fin d'une obligation.

Fin d'interdiction de klaxonner, fin de piste cyclable, fin de chemin obligatoire pour les cavaliers... jamais fin du port de la ceinture.

Ces panneaux donnent l'exemple, une ceinture leur barrent le ventre.

Quelques ronds barrés...

Fin d'interdiction de doubler
Ça n'est pas une obligation de doubler.

Fin de limitation de vitesse
Ça ne veut pas dire fonce Alphonse.

Fin d'interdiction de klaxonner
C'est pas une raison pour klaxonner.

- 18 -

Les rectangles

Les rectangles

Les rectangles donnent des indications ou des renseignements :

Les rectangles bleus concernent les autoroutes.
Les rectangles verts indiquent les itinéraires pour les villes importantes.
Les rectangles blancs indiquent les villes les plus proches, bordés de rouge les villes dans lesquelles on entre.

Les panneaux de direction

Il y a beaucoup de panneaux de direction, trop, on n'a pas le temps de tout lire, et lire en conduisant c'est dangereux. Il vaut mieux lire la carte avant de partir.

Des panneaux rectangulaires terminés par une pointe sont implantés dans le carrefour même, au départ de chaque route. Ils indiquent la direction à prendre pour atteindre la ville indiquée.

QUAND L'USAGER S'APPELLE GASTON

Si Gaston ne veut sous aucun prétexte aller à Nevers, il ne doit pas prendre cette direction.

LES PANNEAUX JAUNES

Les panneaux jaunes, ils ne font que passer.
Les rectangles pointus jaunes indiquent une déviation temporaire.
Les rectangles jaunes donnent des indications diverses temporaires.
Les triangles jaunes signalent un danger temporaire.
Les ronds jaunes n'existent pas.

EXEMPLES :

Travaux
(avant les 35 h)

Travaux
(après les 35 h)

QUELQUES PANNEAUX JAUNES...

Déviation vers...
Mauvaise occasion de visiter la région.

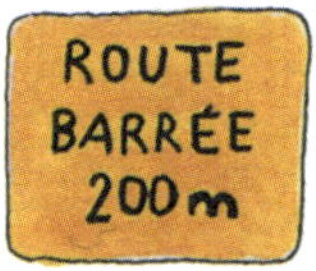

Route barrée à 200 m
Pas grave, j'habite à 100 mètres.

Danger dont la nature est précisée par une inscription
« Quel danger ? » s'exclama-t-il.

- 20 -

Les feux

Les feux

Ne jamais crier au feu quand vous voyez les feux et surtout, ne pas chercher à les éteindre.

Le feu clignotant

Comme son nom l'indique, il clignote. Il est jaune ou rouge, il signale un danger.
Le jaune me demande de ralentir.
Le rouge m'ordonne de m'arrêter.

Les feux tricolores

Ils vont par trois comme les triplés. Pour ne pas les confondre, on ne les habille pas pareil. Celui du haut en rouge, celui du milieu en jaune, celui du bas en vert.

Attention :

Malgré ses bons yeux ronds, le feu tricolore est parfois sanguinaire, même quand il n'est pas rouge.

Feu vert :

Je peux passer, mais attention, on ne sait jamais.

Feu jaune :

Il ne dure que 3 à 5 secondes. Je dois m'arrêter quand je le vois. Je peux passer seulement si je suis trop près du feu et qu'un arrêt brutal risque d'être dangereux.

Feu rouge :

Je ne dois pas passer.

Au feu vert le daltonien voit rouge. Au feu rouge il voit vert et ça c'est plus embêtant.

On dit que le vert porte malheur, demandez un peu au piéton qui a traversé quand le feu était vert pour les voitures.

- 21 -

La ceinture

La ceinture

Avec la ceinture on est tué 3 fois moins.

L'automobiliste éjecté a plus de chances d'être tué que celui qui reste attaché dans son véhicule.

L'automobiliste attaché a plus de chances de rester conscient. Il peut, à la différence de celui qui est éjecté et qui est mort, engueuler l'autre qui a fait une connerie, parce que c'est toujours de la faute de l'autre.

Rappel :

Les géants et les nains sont dispensés du port de la ceinture.

La ceinture n'est pas efficace pour les petits enfants. Les enfants de moins de 9 kilos doivent être placés à l'arrière dans un siège spécial, dos à la route.

Comment se débarrasser définitivement d'un enfant pas sage ?

Proposez-lui un tour en auto.
Installez-le à la place avant de votre véhicule (200 enfants de moins de 13 ans tués chaque année).

Deux frères siamois ont-ils chacun besoin d'une ceinture ?

Non, une ceinture suffit.

Si quelqu'un prétend que la ceinture est dangereuse, remontez-lui les bretelles.

- 22 -

Le téléphone portable

LE TÉLÉPHONE PORTABLE

Vous avez une question importante à poser : « Comment ça va ? T'es où ? T'as beau temps ? ». Évitez de téléphoner en conduisant, même avec le kit mains libres.

Ce n'est pas un problème de mains occupées, c'est un problème de cerveau occupé.

Quand vous téléphonez, une partie de votre cerveau est utilisée par la conversation et, pour conduire, un cerveau entier c'est pas trop.

IL N'Y A PLUS D'ABONNÉ...

- Allô, c'est toi Gérard ?
- Oui, c'est moi.
- Je t'entends pas bien, ça siffle.
- Je suis en voiture.

- T'es où ?
- À Arras, j'arrive à Lille.
- T'as beau temps ?
- Pas terrible.
- Ici il fait beau.
- T'as de la chance.
- Ouais.
- Ça va peut-être se lever.
- Si ça se lève pas avant midi, c'est foutu pour la journée.
- Ici il fait déjà chaud, je suis en chemise.
- Sans blague ?
- Ouais ! Pourtant je suis frileux.
- Moi je peux pas dire, dans la voiture je me rends pas compte.
- Bien sûr, à cause du chauffage.
- Oui, à cause du...

« **Boum !** »

- Allô... Gérard ? Gérard ! Je t'entends plus... Gérard ? Gérard... allô... allô... Je t'entends plus, t'es où ?

L'utilisation du téléphone portable en conduisant multiplie par 4 le risque d'accident.

- 23 -

Les deux-roues

Les deux-roues

On les appelle deux-roues parce qu'ils n'ont habituellement que deux roues. Les deux-roues comprennent les cyclomoteurs, les voiturettes et les motocyclettes (familièrement appelées motos).

Remarque :

Le ramasse-miettes, malgré ses deux roues, n'est pas considéré comme un deux-roues.

Les cyclomoteurs

Les cyclomoteurs sont des vélos avec un moteur.

La vitesse maximale de ces engins est en principe de 45 km/h.

Leur moteur a une cylindrée maximale de 50 cm3.

ATTENTION :

La cylindrée maximale du cerveau d'un cyclomotoriste est d'autant plus petite que le bruit de son cyclomoteur est grand.

Le bruit du moteur ne doit pas dépasser 72 décibels, comme l'aspirateur de maman.

Ce n'est pas en augmentant le bruit de son cyclomoteur qu'on augmente sa puissance.

Une mobylette dont on a bricolé le pot d'échappement ne ressemblera jamais à une Harley Davidson.

Essayez de faire le moins de bruit possible. Ne donnez pas de coups d'accélérateur à l'arrêt, ça ne sert à rien et ça empoisonne l'air.

Vous avez certainement d'autres façons de vous faire entendre.

Sur la selle, un paresseux.
Le moteur le dispense de pédaler, de faire des efforts et du sport, il peut rester gros et mou.

Pour conduire un cyclomoteur, il faut avoir 14 ans et toutes ses dents.

Et le Brevet de sécurité routière.

LES VOITURETTES

Les voiturettes sont des cyclomoteurs surdoués : elles ont le double de roues.

Elles roulent lentement, elles font beaucoup de bruit, elles ont tous les défauts et une seule qualité : on peut les conduire sans permis.

QUE TROUVE-T-ON DANS UNE VOITURETTE ?

Un vieux ou une vieille (plus de 16 ans) pas bien malin.
(Il a passé plusieurs fois son permis auto et il l'a toujours loupé.)

Un jeune cadre bronzé et dynamique.
(Il s'est fait retiré son permis auto parce qu'il roulait à 230 km/h).

ATTENTION :

Il faut être très prudent quand on rencontre une voiturette sur la route. On peut s'attendre à tout.

Leur conducteur qui n'a pas de permis pourrait se croire tout permis.

- 24 -

Les motos

Les motocyclettes

Elles sont rouges, bleues, vertes, noires comme les mouches. Comme les mouches, elles font du bruit, mais en plus fort.

Comme le cheval, elles ont une selle, mais à la différence du cheval, elles n'aiment pas le sucre. (Mettez un morceau de sucre dans le réservoir d'une moto pour voir.)

Comme le cheval elles attendent leur maître dehors.

Comme le cheval on est obligé de les attacher sinon elles se sauvent.

Le motard et l'automobiliste

Les automobilistes n'aiment pas beaucoup les motards, certainement qu'ils sont jaloux. Le motard est souvent jeune et libre et l'automobiliste parfois gros et vieux.

Surtout, les motards se faufilent au milieu des embouteillages et ça, l'automobiliste, il peut pas.

Quand à moto vous remontez la circulation entre deux files de voitures, au lieu de filer un coup de bottes au véhicule qui n'est pas rigoureusement au milieu de sa voie, ayez l'élégance, avec un signe de la main, de remercier les autres, tous ceux qui vous laissent passer.

À QUEL ÂGE PEUT-ON CONDUIRE UNE MOTO ?

Il faut avoir 16 ans et le permis A1 pour conduire une moto de 125 cm3 de cylindrée.

Il faut avoir 18 ans et le permis A progressif pour conduire une moto de plus de 125 cm3. (Pendant 2 ans, la puissance est limitée à 35 chevaux. Au bout de 2 ans, ce permis donne le droit de conduire toutes les motos jusqu'à 100 chevaux.)

À 21 ans, vous pouvez passer directement le permis A qui permet de conduire toutes les motos jusqu'à 100 chevaux.

Si votre permis a moins de 2 ans, vous devez coller à l'arrière de votre moto un disque avec un « A », bien sûr pas sur le feu arrière. Vous devez rouler à 110 sur autoroute, 100 sur les routes à deux chaussées et 80 sur les autres routes.

LA TAILLE DU ZIZI DU MOTARD EST-ELLE PROPORTIONNELLE À LA CYLINDRÉE DE SA MOTO ?

Non, mais il le croit parfois.

- 25 -

Conduite avec un passager

Conduite avec un passager

Comment trouver un passager ou une passagère ?

Proposez gentiment et poliment à la personne un tour à moto. Proposez aussi un casque et exigez qu'elle le mette.

Le passager doit accompagner les mouvements du corps du conducteur de la moto, comme dans le tango.

Pour la sécurité, demandez à votre passagère de se serrer très fort contre vous.

Et si la passagère a peur ?

Ralentissez.

Sinon elle ne voudra plus jamais monter sur votre moto et, plus grave, dans votre chambre.

Quand un couple de motards fait des enfants, où mettre le moutard ?

En dessous de 5 ans :

L'enfant doit être placé dans une corbeille ou ficelé sur le siège de la moto comme un petit rôti, jamais dans la sacoche.

Il doit porter un casque à sa taille mais il n'est pas obligé d'avoir des lunettes de motard.

À partir de 5 ans :

L'enfant peut monter sur la moto comme un grand, avec un casque.

À partir de 16 ans :

L'enfant vous piquera votre moto.

Attention :

Un enfant est léger. À grande vitesse, il peut s'envoler.

PEUT-ON TRANSPORTER LE PAPE SUR LE SIÈGE ARRIÈRE D'UNE MOTO ?

Oui, à condition qu'il accepte de retirer son chapeau pour mettre un casque.

- 26 -

Sous le casque, la tête

Sous le casque, la tête

Le but du casque est de protéger la tête. En auto, vous êtes protégé par la carrosserie de la voiture. Le casque est une petite carrosserie pour votre tête.

La tête, même quand elle est très dure, est très fragile. Elle contient votre bien le plus précieux, un cerveau.

Tous les motards ont-ils un cerveau ?

Oui, mais ceux qui vont trop vite ne l'emportent pas toujours avec eux.

Le casque avec cerveau intégré n'est pas encore dans le commerce.

Le cerveau est-il proportionnel à la taille de la tête ?

Ceux qui ont la grosse tête disent que oui.

En réalité, non.

Que faire quand on a la grosse tête ? On achète un casque en conséquence.

Le casque intégral assure une bonne protection de votre tête. Le casque intégral ne doit pas être trop intégral, assurez-vous que le constructeur a ménagé une ouverture au niveau des yeux.

On peut dire que celui qui roule à moto sans casque est un con intégral.

- 27 -

Boum

Boum

L'automobile a été inventée pour rapprocher les hommes.

Chaque année, il y a plus de 8 000 morts sur les routes de France.

Chaque jour, 24 personnes sont tuées sur la route.

Ces personnes, il faut bien les trouver quelque part.

Elles ne sont pas seulement dans la voiture qui roulait trop vite, elles sont aussi dans la voiture qui arrivait en face et qui roulait normalement.

Elles sont aussi sur le bord de la route, en train de cueillir des fleurs.

ATTENTION :

Un accident ça se fait souvent à deux mais rarement avec l'accord du deuxième.

Toutes les heures, une personne est tuée sur la route.

C'est pas la faute à la route.
C'est pas la faute au ministre des Transports.
C'est pas la faute à la voiture.
C'est pas la faute à la pluie.
C'est pas la faute au vent.
C'est pas la faute au pape.
C'est pas la faute à Dieu.
C'est pas la faute au platane.
C'est pas la faute à pas de chance.

Dans 94 % des accidents, c'est le comportement du conducteur qui est en cause.

Le conducteur qui a bu.
Le conducteur qui va trop vite.
Le conducteur qui ne respecte pas le code.
Le conducteur qui ne pense pas aux autres.

Le conducteur qui croit qu'il n'aura jamais d'accident.

LE POINT DE VUE DU PLATANE

C'est pas de ma faute, c'est lui qui m'a foncé dessus, moi j'étais arrêté.

On meurt plus le samedi.
Dommage, on perd un dimanche.

On meurt plus les veilles de fête.
Tant mieux.

On meurt plus en rase campagne.
L'air y est plus pur, c'est une petite consolation.

Le désespéré adore rouler en rase campagne, le samedi.

POURQUOI VAUT-IL MIEUX MOURIR AU RETOUR DES VACANCES QU'AU DÉPART ?

On est bronzé pour l'éternité.

UNE FAÇON MODERNE DE NE PAS VIEILLIR

En voiture, on meurt jeune. Le meilleur âge est entre 15 et 25 ans.
Après, on meurt moins. Passé 100 ans, l'automobiliste s'apaise.

Deviendrait-on moins con en vieillissant ?

Non.

On devient riche, on peut s'acheter une grosse auto avec airbag, assistance freinage, ABS... On ne peut plus être tué mais on peut tuer. Pas de pot pour celui qui arrive en face avec sa vieille voiture.

- 28 -

Piano piano

La vitesse est cause de 50 % des accidents mortels.

Si quelqu'un prétend que la vitesse excessive n'est pas facteur d'accident, envoyez-lui d'abord votre main dans la figure à 30 km/h.

S'il n'a pas compris, envoyez-lui votre poing dans la figure à 100 km/h, qu'il comprenne enfin que la vitesse ça fait mal.

C'est pas la route qui tue, c'est l'énervé au volant qui va trop vite.

LE TÉMOIGNAGE D'UN PLATANE

Au printemps je loge des oiseaux, l'été je fais de l'ombre. Mais quand on parle des platanes on pense seulement aux accidents et on nous accuse. Nous, les platanes, on connaît les vrais coupables. On les voit venir de loin, ils vont trop vite.

La vitesse n'est pas mon maître

C'est moi le maître.

Je ne dois pas me laisser embarquer par mes petits chevaux-vapeur qui ne demandent qu'à galoper, je dois être assez fort pour les retenir.

Je dois choisir ma vitesse en fonction des circonstances.

Je dois respecter les limitations de vitesse.

Jouons un peu

Le but du jeu est de faire se rapprocher le plus possible le chiffre affiché sur votre compteur de vitesse de celui qui est inscrit à l'intérieur du panneau de limitation de vitesse. Celui des automobilistes qui arrive à faire coïncider les deux chiffres a gagné.

Qu'est-ce qu'il gagne ?

La certitude d'arriver à destination.

Je dois être d'autant plus prudent que je suis un nouveau conducteur et que mon permis est neuf.

Mes obligations :

Pendant deux ans, je ne dois pas rouler à plus de 110 km/h sur autoroute et 80 km/h sur les autres routes.

Pendant deux ans je dois mettre sur ma voiture un disque sur lequel est écrit « A ».

Pas « A » comme « Abruti » ou « Assassin », « A » comme « A pas envie de mourir sur la route ».

Les vitesses maximales en France

Sur autoroute :

130 km/h par temps sec
110 km/h par temps mouillé

Sur route à 2 chaussées séparées :

110 km/h par temps sec
100 km/h par temps mouillé

Sur les autres routes :

90 km/h par temps sec
80 km/h par temps mouillé

En agglomération :

50 km/h

Attention :

En cas de brouillard, 50 km/h quelle que soit la route.

Celui qui est impatient d'arriver à destination a tendance à accélérer coûte que coûte, ça coûte cher et ça rapporte peu.

Sur autoroute, sur 100 kilomètres, rouler à 150 au lieu de 130 fait gagner 6 minutes.

Si vous voulez être sûr d'arriver, vous devriez au contraire ralentir. Si vous prenez des risques vous risquez de ne jamais arriver.

Comme disait Frédéric Chopin* : « chi va piano va sano ».

* Compositeur polonais né en 1810. Côté piano, il en connaissait un rayon.

- 29 -

Témoin d'accident

Témoin d'accident

Je suis témoin d'un accident, que faire ?

Vous n'êtes pas arrivé le premier

Les secours sont déjà en place et les accidentés aux mains des infirmiers, continuez votre route en redoublant de prudence. Ne soyez pas trop déçu, avec un peu de chance vous serez rentré pour le feuilleton américain à la télé, vous allez en voir du sang et des voitures qui brûlent et des gens qui meurent.

Vous êtes arrivé le premier

Si vous êtes le premier arrivé sur les lieux, vous devez vous occuper des victimes. De toute façon, vous n'avez pas le choix sinon vous serez poursuivi pour non-assistance à personne en danger. Même si la vue du sang vous écœure, surmontez votre dégoût. Allez-y.

Garez-vous bien sur le bas-côté, mettez vos feux de détresse, inutile de créer un accident, il y en a déjà un. Pensez à laisser de la place pour les véhicules de secours.

Coupez le contact du véhicule accidenté et débranchez la batterie. Ne fumez pas, votre fumée pourrait incommoder le moribond.

Le rôle du témoin est un rôle ingrat. Il faut être là, mais discrètement. Il ne faut pas voler la vedette à l'accidenté.

L'accidenté doit rester le seul héros de la fête.

Prévenez les secours :
SAMU 15, police 17 et pompiers 18.

15-17-18 : le tiercé gagnant des secours.

À l'étranger, composez le numéro d'urgence européen : **112**.

Pour une fois, le téléphone portable est vraiment utile, il peut faire gagner du temps et sauver des vies. Sinon, il y a les bornes d'appel d'urgence.

En attendant les secours

Je devise gaiement avec les accidentés.

Je ne les engueule pas.
Même s'ils viennent de faire une énorme connerie.

Je leur raconte des histoires drôles.
Pas trop quand même, ça fait très mal de rire avec une côte cassée.

Je ne donne rien à boire au blessé
S'il réclame, je fais semblant de ne pas avoir entendu.

Je ne retire jamais le casque du motocycliste
On ne sait jamais ce qu'il y a dedans.

Je ne déplace pas le blessé
Sauf s'il y a un danger d'incendie.

COMMENT DÉPLACER UN BLESSÉ ?

Si le blessé est allongé sur le côté, je plie son genou sinon, s'il y a une pente, il roule.

Les deux dangers qui peuvent tuer : l'hémorragie et l'asphyxie

L'hémorragie

Appuyez fortement sur la plaie avec un tissu. Méfiez-vous du garrot qu'on ne doit pas laisser longtemps.

Attention :

Si le blessé saigne abondamment, faites vite. L'homme ne contient que 7 litres de sang.

L'asphyxie

Quand le blessé ne respire plus ou avec difficulté, desserrez son col, sa ceinture, dégagez sa bouche et pratiquez éventuellement le bouche-à-bouche.

COMMENT PRATIQUER LE BOUCHE-À-BOUCHE ?

Placez-vous perpendiculairement au blessé. Renversez-lui la tête en arrière. Soufflez l'air que vous avez dans les poumons dans les poumons du blessé, ceci une dizaine de fois par minute.

Si votre blessé a une moustache, évitez de rire même si ça vous chatouille.

Si vous réussissez à ranimer votre blessé, ne lui dites pas « je vous ai sauvé la vie », attendez que ce soit lui qui vous le dise.

REMARQUE :

Il est déplacé de demander un pourboire au blessé.

- 30 -

Dernières paroles

Leurs dernières paroles

Comme les coquillages gardent la mémoire du bruit de la mer, les carcasses de voitures accidentées conserveraient l'écho des dernières paroles prononcées juste avant l'accident.

« J'ai largement le temps... »
« Tu crois que je vais me laisser doubler... »
« Il n'y a pas de danger, je connais... »
« Je vais pas suivre ce con... »
« Mais non, ça glisse pas... »

« Pourquoi tu vas si vite... »
« Je t'en prie, je sais conduire... »
« Papa, j'ai peur... »
« Mais non, je peux y aller... »
« Je connais la route... »
« On peut foncer, y'a jamais de radar... »
« Y'a jamais de flic... »
« Tu peux foncer... »
« Plus tu vas vite, moins t'as le temps d'avoir un accident...»
« Pense pas aux accidents, ça porte... »
« Oh merde, je l'avais pas vu... »

« Moi, j'ai jamais eu d'acc... »

- 31 -

Les vacheries du ciel

Les vacheries du ciel

Le ciel a inventé cinq vacheries destinées à compliquer la vie des automobilistes et des motards et à rendre la conduite dangereuse. Ces vacheries s'appellent la pluie, la neige, le verglas, le brouillard et le vent.

Conduisons sous la pluie

Quand il pleut, les pneus doivent éliminer l'eau et la boue de la route. Les sculptures qui sont sur la bande de roulement retiennent l'eau de la chaussée et l'évacuent vers l'arrière. Il est important que ces sculptures ne soient pas usées.

Qu'est-ce qui se passe si je roule sous la pluie avec des pneus usés ?

Quand vous roulez sous la pluie, les pneus usés n'évacuent pas l'eau assez vite, votre pneu n'adhère plus à la route. Votre véhicule flotte sur l'eau.

Quand la chaussée est mouillée, les roues se bloquent plus facilement quand vous freinez, il faut donc freiner plus progressivement.

Qu'EST-CE QUI M'ATTEND SI JE ROULE AVEC DES PNEUS SOUS-GONFLÉS ?

Vous abîmez la carcasse du pneu.
La direction est moins précise.
Vous risquez l'éclatement.

AVEC DES PNEUS SURGONFLÉS ?

Adhérence diminuée.
Risque de patinage.
Fatigue de la suspension.

ET SANS PNEU DU TOUT ?

Vous êtes gonflé !

Le vent est très sympathique quand il fait tourner les ailes des moulins, quand il souffle dans les voiles du bateau et surtout quand il soulève les jupes des filles.

Il se fait alors appeler zéphyr.

Sur la route il est moins coopératif, quand il est de face il vous freine, quand il est arrière il vous pousse et quand il est latéral il vous couche.

On l'appelle alors tempête.

Le vent latéral est très dangereux quand vous doublez et surtout à la fin de votre dépassement, quand vous vous rabattez.

Augmentez alors les distances de sécurité avec les autres véhicules.

Sur le bord de la route, on accroche parfois des manches à air qui indiquent l'intensité et la direction du vent.

Quand il n'y a pas de vent, elles pendent tristement, comme des trompes d'éléphant sans éléphant.

Conduisons sur du verglas

Le verglas est taquin, il aime bien faire des blagues aux automobilistes et aux motards. Il apparaît par surprise, quand la route traverse un bois, passe sur un pont.

Quelquefois il y a un panneau à ces endroits-là, mais le verglas, vicieux, adore surtout les endroits où il n'y a pas de panneau.

Par jour de verglas, tous les gens sont égaux, ils avancent au pas. Ce jour-là, ne prenez pas votre auto, encore moins votre moto, prenez vos pantoufles.

CONDUISONS SOUS LA NEIGE

Quoiqu'elle soit blanche, la neige n'a pas que des qualités, elle est sournoise et glissante. Il faut donc réduire votre vitesse et laisser un espace plus grand entre vous et les autres véhicules.

Quand il neige, la visibilité est moins bonne. Mettez vos feux de croisement ou de brouillard, et pensez qu'une voiture blanche se confond avec la neige, repeignez-la en rouge, en jaune ou en bleu.

N'écrasez pas les bonhommes de neige, il y a quelquefois un enfant dedans.

CONDUISONS DANS LE BROUILLARD

Quand il y a du brouillard, la campagne ressemble à un tableau de Turner*. C'est beau mais on n'y distingue pas grand-chose et on risque de rentrer dans le décor. Dans le brouillard, tout est gris, pas seulement les chats. Mettez vos feux de croisement et éventuellement vos antibrouillards.

ATTENTION :

Un éventail ne chasse pas le brouillard, mettez plutôt les essuie-glace.

* Peintre anglais né en 1775. Question brouillard, il en connaissait un rayon.

- 32 -

L'agent de la circulation

Les agents sont de braves gens

Quoique vache, l'agent de la circulation ne fait pas partie des vacheries du ciel. S'il est parfois désagréable avec vous, ce n'est pas qu'il ne vous aime pas, au contraire. C'est de la pudeur. L'agent n'aime pas montrer ses sentiments, mais il a un cœur qui bat sous son carnet de contraventions. S'il est parfois dur avec vous, quand vous avez fait une bêtise sur la route, c'est parce qu'il vous aime, il a peur de vous perdre.

Les positions de l'agent

Pour vous prévenir, l'agent de la circulation fait des figures.

Première figure

Il se présente face à vous dans la position du planeur qui va décoller, mais il ne décolle pas, il indique avec ses bras ouverts que vous devez vous arrêter.

Il se présente de profil, il indique que le passage est libre. Vous avez le droit de passer mais sans écraser l'agent.

L'agent de la circulation est plus important qu'un panneau de signalisation. S'il vous fait signe de passer dans un sens interdit, allez-y sans remords mais attention, il doit être en uniforme.

Un agent en pyjama n'a plus le même pouvoir, même avec son képi.

- 33 -

Les bons points

Les bons points

Le titulaire du permis de conduire possède au départ 12 bons points. Mais quand il fait des conneries sur la route, qu'il est dangereux, on lui retire ses bons points. Quand il les a perdus tous, on suspend son permis à la plus haute branche d'un arbre. Il ne peut pas l'attraper et il se retrouve sans permis.

Comment perdre ses bons points ?

6 bons points en moins

Je commets un « délit » :

Je tue ou je blesse quelqu'un de sorte qu'il ne puisse plus travailler pendant plus de trois mois (cela ne m'empêche pas d'aller voir mon accidenté avec des fleurs et des excuses).
Je conduis bourré (à partir de 0,8 g).
Je refuse de souffler dans le ballon.
J'envoie l'agent aux pelotes.
Je me sauve lâchement après avoir causé un accident.

Je conduis avec un permis suspendu. J'ai de fausses plaques d'immatriculation, de faux papiers et un faux nez.

REMARQUE :

Le faux nez seul n'est pas un délit.

4 BONS POINTS EN MOINS

Je blesse involontairement quelqu'un en m'arrangeant pour qu'il en ait pour moins de trois mois.
Je roule à 40 km/h au-dessus de la vitesse autorisée.
Je fauche la priorité.
Je grille un stop ou un feu rouge.
Je prends un sens interdit.
Je recule ou fais demi-tour sur l'autoroute.
Je roule la nuit sans lumières (pour économiser ma batterie).

3 BONS POINTS EN MOINS

Je roule 30 à 40 km/h au-dessus de la vitesse autorisée avec un permis de moins de deux ans.
Je double dans des conditions dangereuses.
Je stationne sur la chaussée sans éclairage la nuit ou par brouillard.
Je tourne sans avoir mis mon clignotant.
Je franchis une ligne continue.
Je circule sur la partie gauche de la chaussée.
Je circule sur la bande d'arrêt d'urgence.
J'ai plus de 0,5 g d'alcool dans le sang.

2 BONS POINTS EN MOINS

Je roule ou je stationne sur le terre-plein central de l'autoroute.
Je roule 20 à 30 km/h au-dessus de la vitesse autorisée.
J'accélère quand quelqu'un veut me doubler.

1 BON POINT EN MOINS

Je dépasse de 20 km/h la vitesse autorisée.
Je chevauche une ligne continue.
Je reste en phares quand je croise d'autres véhicules.
Je n'ai pas ma ceinture de sécurité.
Je n'ai pas de casque (pour les motos).

Le forfait chauffard

Au lieu de commettre plusieurs infractions à des moments différents, arrangez-vous pour les commettre en même temps, vous bénéficierez du tarif de groupe.

Si vous commettez plusieurs infractions en même temps, les points perdus ne sont pas additionnés, à condition de ne pas avoir commis deux délits. On vous fait le « forfait chauffard ».

Quand le chauffard s'appelle Oscar

Oscar fait une marche arrière sur l'autoroute.
(moins 4 points)

Il n'a pas mis sa ceinture.
(moins 1 point)

Il a des fausses plaques d'immatriculation, des faux papiers et un faux nez.
(moins 6 points)

Et il a 0,6 g d'alcool dans le sang.
(moins 3 points)

Logiquement on devrait lui prendre 15 points, mais il n'en a que 12.

Avec le forfait chauffard, Oscar ne perdra que 8 points.

Que faire quand on a un permis suspendu ?

Au lieu de sauter pour essayer de l'attraper, on jette sa voiture et on apprend à marcher.

Redécouvrons nos jambes

Sous le bureau, sous le tableau de bord où elles appuient sur des pédales, les jambes s'ennuient, toujours dans le noir elles deviennent toutes blanches comme des endives et elles ramollissent. Les jambes ont besoin de lumière, de grand air, d'exercice. Une seule solution : la marche.

Apprenons à marcher

Placez-vous verticalement, perpendiculaire au sol, les deux pieds parallèles. Avancez le pied droit d'environ 40 cm, puis quand il est posé, avancez le pied gauche de 40 cm. Recommencez la même opération plusieurs fois et arrêtez-vous.

Que remarquez-vous ? Vous n'êtes plus à la même place, vous avez avancé. Vos jambes vous ont permis de vous déplacer et cela sans bruit, sans essence, sans pollution, sans danger.

Vous venez de découvrir le moyen de locomotion idéal : la marche.

IL EST BEAU LE SOURIRE DU PIÉTON

L'automobiliste s'est arrêté pour laisser le piéton passer et le piéton lui a souri. C'est beau le sourire d'un piéton, tellement beau que l'automobiliste ému a souri.

C'est beau aussi, un automobiliste qui sourit, c'est tellement beau que le motard ému a souri.

C'est beau le sourire d'un motard, tellement beau que le cycliste a oublié qu'il était pressé et il a laissé passer le piéton qui lui a souri.

C'est beau le sourire d'un piéton...

Tout ça, c'est pas une histoire vraie.
Mais ça pourrait.

TABLE

Introduction 9
L'homme roule beaucoup 11

1. Savoir vivre sur la route 13
2. Sous la casquette, le cerveau 17
3. Sous le cerveau, les yeux 29
4. Les routes 35
5. L'intersection 41
6. À qui de passer le premier ? 45
7. Je peux passer le premier mais pas tout le temps 53
8. Ce n'est plus à moi de passer 57
9. Quand la route croise un train 59
10. Se croiser 63
11. Dépasser 69
12. Interdit de dépasser 75
13. Dépasser sans risques 83
14. S'arrêter 91
15. Les panneaux 99
16. Les triangles 103
17. Les ronds 113
18. Les rectangles 125

19. Les panneaux jaunes 129
20. Les feux 133
21. La ceinture 137
22. Le téléphone portable 141
23. Les deux-roues 145
24. Les motos 151
25. Conduite avec un passager 155
26. Sous le casque, la tête 159
27. Boum 163
28. Piano piano 171
29. Témoin d'accident 177
30. Dernières paroles 185
31. Les vacheries du ciel 189
32. L'agent de la circulation 197
33. Les bons points 201

Il est beau le sourire du piéton 210

DU MÊME AUTEUR :

GRAMMAIRE FRANÇAISE ET IMPERTINENTE,
Paris, Payot, 1992.

ARITHMÉTIQUE APPLIQUÉE ET IMPERTINENTE
Paris, Payot, 1993.

LE PENSE-BÊTES DE SAINT FRANÇOIS D'ASSISE,
Paris, Le Pré-aux-Clercs, 1983 ; Payot, 1994.

PEINTURE À L'HUILE ET AU VINAIGRE,
Paris, Payot, 1994.

LE CURRICULUM VITAE DE DIEU,
Paris, Le Seuil, 1995.

LE PAIN DES FRANÇAIS,
Paris, Le Seuil, 1996.

SCIENCES NATURELLES ET IMPERTINENTES,
Paris, Payot, 1996.

JE VAIS T'APPRENDRE LA POLITESSE, P'TIT CON,
Paris, Payot, 1998.

IL A JAMAIS TUÉ PERSONNE, MON PAPA,
Paris, Stock, 1999.

LA NOIRAUDE (avec Gilles Gay),
Paris, Stock, 1999.

J'IRAI PAS EN ENFER,
Stock, 2001.

MOUCHONS NOS MORVEUX,
Lattès, 2002.

Le LIVRE de POCHE

Jean-Louis Fournier

Il a jamais tué personne, mon papa

Le Livre de Poche

Jean-Louis Fournier

Arithmétique appliquée et impertinente

Le Livre de Poche

Peinture à l'huile et au vinaigre

Les grands peintres et leurs mauvais élèves

Jean-Louis Fournier

Éducation

Le LIVRE de POCHE

Grammaire française et impertinente

Jean-Louis Fournier

Éducation

Sciences naturelles et impertinentes

Jean-Louis Fournier

Éducation

Je vais t'apprendre la politesse...

Jean-Louis Fournier

Parents-enfants

Le Livre de Poche

Le Pense-bêtes de saint François d'Assise

Jean-Louis Fournier

Préface de
Pierre Desproges

Parents-enfants

Achevé d'imprimer en Espagne par Mateu Cromo
Dépôt légal Èditeur 21872-05/2002
Librairie générale Française-43, quai de Grenelle 75015 Paris
ISBN:2-253-15324-9

H 31/5324/4